EL JARDINERO

ALMA CLÁSICOS ILUSTRADOS

EL
JARDINERO

⟩ R. TAGORE ⟨

Ilustraciones de
Carole Hénaff

Edición revisada y actualizada

Título original: *The Gardener*

© de esta edición:
Editorial Alma
Anders Producciones S.L., 2020
www.editorialalma.com

© Traducción: Mauro Armiño
La presente edición se ha publicado con la autorización de Editorial EDAF, S. L. U.

© Ilustraciones: Carole Hénaff

Diseño de la colección: lookatcia.com
Diseño de cubierta: lookatcia.com
Maquetación y revisión: LocTeam, S.L.

ISBN: 978-84-17430-97-9
Depósito legal: B27095-2019

Impreso en España
Printed in Spain

El papel de este libro proviene de bosques gestionados de manera sostenible.

ÍNDICE

El jardinero

El libro más famoso quizá de Rabindranath Tagore consta de ochenta y cinco breves composiciones, todas ellas de carácter lírico, aunque en muchas haya elementos narrativos. Pero es una narración que poco tiene que ver con el relato de unos hechos: se trata más bien del enunciado de los elementos externos que rodean la acción, o, mejor, el sentimiento de la voz que entona el poema. En su mayoría recuerdan las canciones de enamorada y de amigo de la lírica medieval castellana, aunque las diferencias sean considerables. En las viejas canciones de amigo de árabes y judíos escritas en árabe vulgar, o mozárabe (las moaxajas), o en las cantigas galaicas de los mismos temas, late un sentido más fuerte de la realidad, del amor como necesidad angustiosa, como ansia ardiente. En *El jardinero,* Tagore borra con delicadeza la mayoría de los elementos, porque pretende que sea únicamente el sentimiento lo que aflore a la voz: un sentimiento amoroso hecho de matices, de insinuaciones, de sugerencias: es el suyo un erotismo cortés —que desaparecerá en libros posteriores hasta el punto de que han sido calificados de místicos—, lleno de latidos trémulos del corazón enamorado, pero profundos, casi indescriptibles, sin mezcla alguna de realidad carnal: sólo unos parámetros de la realidad externa enmarcan a los protagonistas.

La sutileza del deseo está presente en todos los versos, sin que quede expresado ese sentimiento sino de forma pura, vaga, indefinida, como en ese poema VIII en el que una muchacha arroja al paso del príncipe, bajo su carruaje, su joya. Pero ¿cuál es esa joya? La que lleva en el pecho, nos dice la muchacha. Pero en el pecho también está el corazón.

El marco rural y campesino permite a Tagore eliminar otras referencias como las ciudadanas, que exigirían de un relato más pormenorizado. La naturaleza, en cambio, no deja de ser contada: bastan cuatro trazos para insinuarla, e insertar luego en ella a los amantes. Cuando Tagore descubre el mundo rural, entre 1890 y 1910, cuando se encarga de las tierras familiares, se produce en él una impresión fortísima que contó en su libro *Hacia el hombre universal*: «Educado en la ciudad, me hallaba súbitamente transportado al encanto de la vida rural, y me veía penetrado por él. Luego, de forma gradual, la miseria intensa se reveló a mí, y empecé a desear poder remediarlo».

Es en la aldea donde Tagore va a situar el centro de su mundo poético y amoroso; pero esa célula primitiva de la sociedad está amenazada por una muerte irreversible: «Las aldeas son como las mujeres en quienes reside la cuna de la raza. Están más cerca de la naturaleza que las ciudades y más en contacto que éstas con las fuentes de la vida. Poseen una fuerza natural de curación. El papel de la aldea, como el de las mujeres, es ofrecer al hombre esas necesidades esenciales de la vida, y esas ceremonias de belleza que él produce de forma espontánea y que son su alegría».

Ahí, en ese marco, pueden producirse sentimientos sencillos y puros, elementales, primitivos casi, por los que Tagore aboga. Ello no obsta para que de pronto surja el amor prohibido (en el poema XVII, donde sólo el juego de los pronombres personales ingleses, machaconamente escritos por Tagore, *their, our,* nos permite captar la realidad de lo insinuado). Tan sencillos que ni siquiera es necesario que nos digan el sexo del enamorado o enamorada; la lengua inglesa oculta más el género, el sexo, que la castellana, como puso de relieve André Gide, interesado en este juego, porque las concordancias gramaticales son, en las lenguas románicas, más numerosas y necesarias que en las sajonas. En el poema IX, por ejemplo, sólo un pronombre masculino (en el verso tres, *his* nos indica que la persona que canta es una muchacha). El gran escritor francés llega a una conclusión levemente poética: «La verdad es que el canto es aquí el del alma misma, asexuada».

Lo cierto es que Tagore encarna, en esa sutileza de expresión, en esa delicadeza de sentimientos, lo que en Europa entendemos como oriental. Ésa es la diferencia, lo intangible del sentimiento se expresa en el poema como en la pintura oriental: breves apuntes, líneas difuminadas, trazos borrados, presencia de las ausencias, impresionismo más que enunciación. Es una de las formas para acercarse a lo indecible, a lo inefable que es, en última instancia, el sentimiento del amor expresado en estos cantos.

Y el eje de ese mundo, tanto del rural como del sentimental es, para Tagore, la mujer; el principio femenino es el principio activo de este mundo, el principio imaginario, quintaesenciado de sus realidades sensuales y carnales. Por eso, liberado de ellas, alcanzará el purismo místico de *Gitánjali:* aquí, en *El jardinero,* todavía hay vestigios de contacto humano, de amor que ha de tener un encuentro, aunque a veces sea totalmente fallido, como en el admirable poema LXII, admirable precisamente por la añoranza de un mundo de realidad ya pasado.

En cualquier caso, *El jardinero* inicia el ciclo de ese amor transido por la naturaleza y por el sentimiento más puro de las almas que llegará a *La luna nueva, Gitánjali, La cosecha,* etc., todos ellos con los mismos valores poéticos y las mismas sugerencias levemente apuntadas pero directamente dirigidas, no a la *ratio,* sino al corazón. Ortega y Gasset captó ese camino hacia las altas cumbres de la mística de Tagore: en el tercer artí que dedicó a nuestro poeta (*El Sol,* 31 de marzo de 1918), dirigiéndose a una corresponsal imaginaria —que evidentemente no tenía por qué no existir—, le dice, expresándolo con toda claridad: «He querido ocultarlo hasta el fin, por temor a que le cause alguna desilusión. Rabindranath es un poeta místico. Tuvo en su mocedad amores terrenos, que cantó en *El jardinero;* pero el resto de su obra, espléndido edificio lírico, no tiene, señora, más inquilino que Dios. Pero es el Dios de la India: un Dios benévolo, que viaja en su carro de oro entre el polvo de los caminos aldeanos».

Así era místico, con un misticismo hondamente humano, profundamente amoroso y enamorado de las cosas terrenas transidas hacia su dios,

Juan de la Cruz. Porque el amor es siempre la expresión mística de un ser humano, y ya se sabe, a veces el ser humano no consigue levantar los pies del barro. Tagore sí, y su jardinero, y las muchachas que pueblan sus poemas, y los viajeros que descansan a la sombra de las higueras y siguen con los ojos los labios frescos de una joven que pasa cargada con su cántaro de agua: son terrenalmente místicos, humanamente dioses del amor.

Mauro Armiño

EL
JARDINERO

I

SIRVIENTE

Reina mía, ten piedad de tu sirviente.

REINA

La asamblea ha terminado y todos mis servidores se han ido. ¿Por qué vienes tan tarde?

SIRVIENTE

Mi hora llega cuando has terminado con los otros.

Vengo a preguntarte qué es lo que queda por hacer para el último de tus servidores.

REINA

¿Qué puedes esperar cuando es demasiado tarde?

SIRVIENTE

Hazme el jardinero de tu jardín de flores.

REINA

¿Qué locura es ésa?

SIRVIENTE

Renunciaré a mis demás trabajos.

Arrojaré mis espadas, mis lanzas. No me envíes a lejanas cortes; no me encargues que emprenda nuevas conquistas. Hazme el jardinero de tu jardín de flores.

REINA

¿Cuáles serán tus deberes?

SIRVIENTE

El servicio de tus días de ocio.

Mantendré fresca la hierba del sendero por el que caminas por la mañana, y donde las flores, ansiosas por morir a cada paso tuyo, saludarán a tus pies con bendiciones.

Te meceré en un columpio entre las ramas del *saptaparna,* mientras la temprana luna del crepúsculo batalla entre las hojas por besar tu enagua. Renovaré con aceite fragante la lámpara que arde a la cabecera de tu lecho, y decoraré tu escabel con pasta de sándalo y azafrán en maravillosos dibujos.

REINA

¿Qué quieres por recompensa?

SIRVIENTE

Que me dejes tomar entre mis manos tus pequeños puños semejantes a tiernos capullos de loto y pasar cadenetas de flores en tus muñecas; teñir las plantas de tus pies con el zumo rojo de los pétalos de la *ashoka* y retirar con un beso el grano de polvo que tal vez se extravíe en ellas.

REINA

Tus plegarias han sido escuchadas, sirviente mío. Tú serás el jardinero de mi jardín de flores.

II

«Ay, poeta, la noche se acerca; tu pelo empieza a blanquear. En tus cavilaciones solitarias, ¿estás oyendo el mensaje del más allá?»

«Es de noche —dijo el poeta— y escucho, porque pese a lo tardío de la hora alguien puede llamarme de la aldea.

Velo por si dos jóvenes corazones errantes se encuentran, por si dos pares de ardientes ojos mendigan música que rompa su silencio y hable por ellos.

¿Quién habrá aquí para tejer sus apasionadas canciones si yo me siento en la orilla de la vida a contemplar la muerte y el más allá?

La primera estrella de la noche se desvanece.

El resplandor de la pira funeraria muere lentamente junto al silente río.

Desde el patio de la casa desierta aúllan a coro los chacales a la luz de la luna agotada.

Si algún viajero errante, abandonando su casa, viniera aquí a velar la noche y a escuchar con la cabeza baja el murmullo de la oscuridad, ¿quién habría aquí para susurrarle al oído los secretos de la vida si, cerrando mis puertas, yo tratase de librarme de las mortales ataduras?

Poco importa que mi pelo empiece a blanquear.

Siempre soy tan joven o tan viejo como el más joven y el más viejo de esta aldea.

Unos sonríen con dulzura y sencillez, y otros tienen un centelleo taimado en sus ojos.

Unos tienen lágrimas que manan a la luz del día, y otros lágrimas que se ocultan en la oscuridad.

Todos ellos me necesitan, y no tengo tiempo para cavilar sobre la otra vida.

Soy de una edad con cada uno, ¿qué importa si mi pelo empieza a blanquear?»

III

Al alba eché mi red al mar.

Del negro abismo saqué extrañas maravillas de rara belleza: unas resplandecían como una sonrisa, otras centelleaban como lágrimas, y otras estaban encendidas como las mejillas de una novia.

Cuando con la carga del día regresé a la casa, mi amor estaba sentada en el jardín deshojando indolente los pétalos de una flor.

Dudé un instante, y luego puse a sus pies cuanto había sacado, y me quedé en silencio.

Ella les echó una ojeada y dijo: «¿Qué son estas cosas extrañas? ¡No sé de qué pueden servir!».

Yo agaché la cabeza avergonzado y pensé: «No he luchado por ellas, no las he comprado en el mercado; no son regalos dignos para ella».

Durante toda la noche estuve tirándolas, una a una, a la calle.

Por la mañana vinieron los viajeros; las guardaron y se las llevaron a lejanos países.

IV

¡Ay de mí! ¿Por qué edificaron mi casa junto al camino que lleva a la villa?
Amarran sus barcas atestadas a mis árboles.
Van y vienen y vagan a su antojo.
Me siento y los vigilo; mis horas se consumen.
Echarlos no puedo. Y así pasan mis días.

Noche y día suenan sus pasos a mi puerta. En vano grito: «No os conozco».
Algunos son reconocibles para mis dedos, otros para mi nariz, la sangre de mis venas parece conocerlos, y algunos son conocidos para mis sueños.
Echarlos no puedo. Los llamo y digo: «Que venga a mi casa quien quiera. Sí, que venga».

Al alba la campana llama al templo.
Llegan ellos con sus cestas en las manos.
Sus pies son sonrosados. La primera luz del alba alumbra sus caras.
Echarlos no puedo. Los llamo y digo: «Venid a mi jardín a por flores. Venid».

A mediodía el gong suena en la puerta del palacio.
No sé por qué dejan su trabajo y se quedan junto a mi seto.
En su pelo las flores están pálidas y marchitas.
Las notas de sus flautas salen lánguidas.
Echarlos no puedo. Los llamo y digo: «Bajo mis árboles fresca es la sombra. Venid, amigos».

De noche cantan los grillos en los bosques.
¿Quién es el que llega pausado a mi puerta y llama dulcemente?
Vagamente vislumbro su cara, ninguna palabra se dice, el silencio del cielo lo envuelve todo alrededor.
Echar a este huésped silente no puedo. Miro la cara entre la sombra, y horas de sueños pasan.

V

Estoy inquieto. Tengo sed de cosas lejanas.

Mi alma se muere en su ansia por tocar la orilla de la oscura lejanía.

¡Oh, Gran Más Allá, oh, la penetrante llamada de tu flauta!

Y olvido, siempre olvido, que no tengo alas para volar, que estoy atado a este punto para siempre.

Estoy impaciente y desvelado, soy un extraño en una extraña tierra.

Tu aliento me llega murmurando una imposible esperanza.

Mi corazón conoce tu lengua como si fuera completamente mía.

¡Oh, desconocido Secreto, oh, la penetrante llamada de tu flauta!

Y olvido, siempre olvido que no sé el camino, que no tengo el caballo alado.

Estoy abatido, soy un vagabundo en mi propio corazón.

En la soleada bruma de las horas lánguidas, ¡qué inmensa visión de ti se forma en el azul del cielo!

¡Oh, Extremo Final, oh, la penetrante llamada de tu flauta!

Y olvido, siempre olvido, que todas las puertas están cerradas en la casa que solitario habito.

VI

El pájaro domesticado estaba en una jaula, el pájaro libre estaba en el bosque.

Se encontraron cuando llegó su hora, era un decreto del hado.

El pájaro libre grita: «Amor mío, volemos al bosque».

El pájaro enjaulado susurra: «Ven aquí, vivamos los dos en la jaula».

Dice el pájaro libre: «Entre hierros ¿dónde habría sitio para extender las alas?».

«¡Ay! —grita el pájaro enjaulado— no sabría dónde posarme en el cielo.»

El pájaro libre grita: «Amado, canta las canciones de los bosques».

El pájaro enjaulado dice: «Ven a mi lado, te enseñaré las palabras del sabio».

El pájaro libre grita: «No, no, las canciones nunca pueden enseñarse».

El pájaro enjaulado dice: «¡Ay de mí, no sé las canciones de los bosques».

Su amor es intenso y anhelante, mas nunca pueden volar ala con ala.

A través de los hierros de la jaula se miran, y vano es su deseo de conocerse mutuamente.

Baten sus alas con deseo ardiente, y cantan:

«¡Acércate más, amor!»

El pájaro libre grita: «No puedo, me dan miedo las puertas cerradas de tu jaula».

El pájaro enjaulado susurra: «Ay, no tienen fuerza mis alas, están muertas».

VII

Madre, el joven Príncipe pasará delante de nuestra puerta, ¿cómo atenderé a mi trabajo esta mañana?

Enséñame a trenzarme el pelo, dime qué vestido he de ponerme.

¿Por qué me miras sorprendida, madre?

Ya sé que él no lanzará una mirada a mi ventana; ya sé que desaparecerá de mi vista en un abrir y cerrar de ojos; sólo la melodía que se desvanece de la flauta me llegará sollozante desde lejos.

Pero el joven Príncipe pasará delante de nuestra puerta, y yo me pondré lo mejor que tengo para el momento.

Madre, el joven Príncipe ya pasó ante nuestra puerta, y el sol de la mañana sacaba destellos de su carroza.

Yo aparté el velo de mi cara, me arranqué la cadena de rubíes del cuello y la arrojé a su paso...

¿Por qué me miras sorprendida, madre?

De sobra sé que él no guardó mi cadena; sé que se quedó aplastada bajo sus ruedas dejando una mancha roja sobre el polvo, y que nadie sabe cuál era mi presente ni para quién.

Pero el joven Príncipe ha pasado delante de nuestra puerta, y yo he arrojado a su paso la joya de mi pecho.

VIII

Cuando la lámpara se agotó junto a mi cama me despertaron los pájaros de la madrugada.

Me senté ante la ventana abierta con una guirnalda fresca en mi pelo suelto.

El joven viajero venía por el camino en la niebla rosácea de la mañana.

En su cuello había un collar de perlas, y los rayos del sol caían sobre su cabeza. Llegó delante de mi puerta y me preguntó con grito vehemente: «¿Dónde está ella?».

Muy avergonzada no pude decirle: «Ella soy yo, joven viajero, ella soy yo».

Oscurecía y aún no estaba encendida la lámpara.

Distraída, yo estaba trenzándome el pelo.

El joven viajero venía en su carroza en medio del resplandor del sol poniente.

Sus caballos echaban espuma por la boca, y en sus ropas había polvo.

Se apeó ante mi puerta y preguntó con voz cansada: «¿Dónde está ella?».

Muy avergonzada no pude decirle: «Ella soy yo, fatigado viajero, ella soy yo».

Es una noche de abril. La lámpara arde en mi cuarto.

La brisa del sur llega dulcemente. El ruidoso loro duerme en su jaula.

Mi corpiño es del color del cuello del pavo real, y mi manto es verde como hierba joven. Estoy sentada en el suelo, cerca de la ventana, espiando la calle desierta.

A través de la oscura noche sigo canturreando: «Ella soy yo, viajero sin esperanza, ella soy yo».

IX

Cuando en la noche voy sola a mi cita de amor, no cantan los pájaros, no se mueve el aire, a ambos lados de la calle las casas están silentes.

Son mis propias ajorcas las que tintinean con estrépito a cada paso y siento vergüenza.

Cuando estoy sentada en el balcón y atiendo para oír sus pasos, no susurran las hojas en los árboles, y el agua está mansa en el río como la espada sobre las rodillas de un centinela que se ha dormido.

Es mi propio corazón el que bate salvajemente. No sé cómo sosegarlo.

Cuando mi amor llega y se sienta a mi lado, cuando tiembla mi cuerpo y mis párpados caen, la noche se oscurece, apaga el viento la lámpara y las nubes tienden un velo sobre las estrellas.

Es la joya en mi propio pecho la que brilla y da luz. Y no sé cómo taparla.

Novia, deja ya tu trabajo. Escucha, el huésped ha llegado.

¿Le oyes? Hace temblar suavemente la cadena que cierra la puerta.

Cuida que tus ajorcas no hagan mucho ruido, y que tus pasos no se precipiten a su encuentro.

Deja ya tu trabajo, novia, el huésped ha llegado en la noche.

No, no es el aliento de un fantasma, novia, no te asustes.

Es luna llena en esta noche de abril; pálidas son las sombras en el patio; y arriba el cielo es luminoso.

Cúbrete la cara con el velo si debes, lleva la lámpara a la puerta si tienes miedo.

No, no es el aliento de un fantasma, novia, no te asustes.

No hables una palabra con él si sientes vergüenza; quédate a un lado de la puerta cuando con él te encuentres.

Si te hace preguntas, y lo deseas, puedes bajar tus ojos en silencio.

No dejes que tus brazaletes tintineen cuando, con la lámpara en la mano, le hagas pasar.

No hables una palabra con él si sientes vergüenza.

¿Aún no has terminado tu trabajo, novia? Escucha, el huésped ha llegado.

¿No has encendido la lámpara en el establo?

¿No has preparado aún el cestillo de la ofrenda para el servicio de la noche?

¿No has puesto la marca roja de la suerte en la raya de tu pelo, ni te has arreglado para la noche?

Escucha, novia, el huésped ha llegado.

Deja ya tu trabajo.

XI

Ven como estés, no te demores arreglándote.

Si has deshecho tu pelo trenzado, si no está recta la raya de tu pelo, si las cintas de tu corpiño están sin atar, no te preocupes.

Ven como estés, no te demores arreglándote.

Ven con pasos raudos sobre la hierba.

Si por el rocío cae de tus pies el almagre, si los anillos de cascabeles sobre tus pies se aflojan, si las perlas escapan de tu cadera, no te preocupes.

Ven con pasos raudos sobre la hierba.

¿Ves las nubes envolviendo el cielo?

Bandadas de grullas echan a volar desde la orilla más lejana y caprichosas ráfagas de viento se precipitan sobre el brezal.

El ganado corre inquieto a sus establos en la aldea.

¿Ves las nubes envolviendo el cielo?

En vano enciendes tu lámpara del tocador que vacila y se apaga en el viento.

¿Quién puede saber que tus párpados no han sido retocados con negro de humo? Tus ojos son más negros que nubes de lluvia.

En vano enciendes la lámpara del tocador que vacila y se apaga en el viento.

Ven como estés, no te demores arreglándote.

Si la guirnalda no está trenzada, ¿a quién le importa? Si la pulsera no está cerrada, déjalo.

El cielo se ensombrece de nubes, es tarde.

Ven como estés, no te demores arreglándote.

XII

Si quieres ocuparte en algo y llenar tu cántaro, ven, ven a mi lago.

El agua se agarrará alrededor de tus pies y murmurará su secreto.

La sombra de la cercana lluvia está en las arenas, y las nubes cuelgan bajas sobre las azules líneas de los árboles como tu pesado pelo sobre tus cejas.

Conozco bien el ritmo de tus pasos, están latiendo en mi corazón.

Ven, ven a mi lago si quieres llenar tu cántaro.

Si quieres no hacer nada y quedarte sentada indolentemente y dejar tu cántaro flotando en el agua, ven, ven a mi lago.

La ladera de hierba está verde, y las flores silvestres crecen innumerables.

Tus pensamientos escapan de tus ojos negros como pájaros de sus nidos.

El velo te caerá a los pies.

Ven, ven a mi lago, si has de estar sin hacer nada.

Si quieres abandonar tus juegos y sumergirte en el agua, ven, ven a mi lago.

Deja tu manto azul extendido en la playa; el agua azul te cubrirá y te esconderá.

Las olas se pondrán de puntillas para besar tu cuello y murmurar en tus oídos.

Ven, ven a mi lago, si quieres zambullirte en el agua.

Si debes ser loca y correr hacia la muerte, ven, ven a mi lago.

Es frío e insondablemente profundo. Es oscuro como un dormir sin sueños.

En sus abismos iguales son noches y días, y las canciones son silencio.

Ven, ven a mi lago, si quieres zambullirte en tu muerte.

XIII

No pedí nada, me quedé solamente en la cerca del bosque detrás del árbol.

Aún había languidez sobre los ojos de la aurora, y rocío en el aire.

El perezoso olor de la hierba húmeda colgaba de la delgada bruma sobre la tierra.

Bajo el baniano estabas ordeñando la vaca con tus manos, tiernas y frescas como manteca.

Y yo seguía inmóvil.

No dije una palabra. Fue el pájaro el que cantó invisible desde la espesura.

El mango derramaba una a una sus flores sobre el camino de la aldea, y una a una llegaban zumbando del estanque del templo de Shiva y el adorador inició sus cánticos.

Con la vasija sobre tu falda seguías ordeñando la vaca.

Yo continuaba de pie con mi cubo vacío.

No me acercaba a ti.

El cielo despertó con el sonido del gong en el templo.

Se levantó polvo en el camino bajo los cascos del ganado que traían.

Con cántaros gorgoteantes en sus caderas, volvían del río las mujeres.

Tus brazaletes tintineaban, y la espuma de la leche rebosaba de tu jarra.

La mañana fue pasando y yo no me acerqué a ti.

XIV

Iba yo caminando por el sendero, no sé por qué, cuando el mediodía había pasado y las ramas del bambú susurraban en el viento.

Las alargadas sombras se agarraban con sus brazos extendidos a los pies de la luz que corría presurosa.

Los *koels* estaban aburridos de sus canciones.

Iba yo caminando por el sendero, no sé por qué.

Un árbol de ramas caídas da sombra a la choza junto al agua.

Había una ocupada en su trabajo, y sus ajorcas hacían música en el rincón.

Permanecí ante aquella choza sin saber por qué.

El sendero angosto y tortuoso cruza muchos campos de mostaza y muchos bosques de mangos.

Pasa delante del templo de la aldea y el mercado a orillas del embarcadero.

Yo me detuve ante aquella choza, sin saber por qué.

Hace muchos años hubo un día del ventoso marzo; el murmullo de la primavera era más indolente y las flores del mango caían sobre el polvo.

El agua murmuradora saltaba y lamía la jarra de bronce puesta sobre el escalón del desembarcadero.

Pienso en aquel día del ventoso marzo, no sé por qué.

Las sombras se hacen más profundas y el ganado va volviendo a su redil.

La luz cae gris sobre los solitarios prados y los aldeanos esperan en la orilla la balsa.

Lentamente vuelvo sobre mis pasos, no sé por qué.

XV

Corro como corre un almizclero en la sombra del bosque, enloquecido por su propio perfume.

La noche es la noche de mediados de mayo, la brisa es una brisa del sur.

Pierdo mi camino y voy errante, busco lo que no puedo encontrar, encuentro lo que no busco.

De mi corazón sale la imagen de mi propio deseo, y danza.

La centelleante visión revolotea.

Intento tomarla con fuerza, me elude y me deja perdido fuera del camino.

Busco lo que no puedo encontrar, encuentro lo que no busco.

XVI

Las manos tomadas a las manos, y los ojos demorándose en los ojos: así empieza el registro de nuestros corazones.

Es una noche con luz de luna de marzo; en el aire está la dulce fragancia de la henna; mi flauta yace abandonada en tierra y tu guirnalda de flores está sin acabar.

Este amor entre tú y yo es sencillo como una canción.

Tu velo color azafrán embriaga mis ojos.

La corona de jazmín que me has trenzado hace vibrar mi corazón como una alabanza.

Es un juego de dádivas y negativas, de revelaciones y ocultamientos otra vez; algunas sonrisas y algunas timideces, y algunas dulces luchas inútiles.

Este amor entre tú y yo es sencillo como una canción.

Ningún misterio más allá del presente; ningún esfuerzo por lo imposible; ninguna sombra tras el encanto; ninguna búsqueda a tientas en el hondón de la oscuridad.

Este amor entre tú y yo es sencillo como una canción.

No nos extraviamos fuera de todas las palabras en el silencio eterno; no tendemos nuestras manos al vacío por cosas que están más allá de la esperanza.

Nos basta con dar y recibir.

No hemos pisado hasta el final la alegría para exprimirle el vino del dolor.

Este amor entre tú y yo es sencillo como una canción.

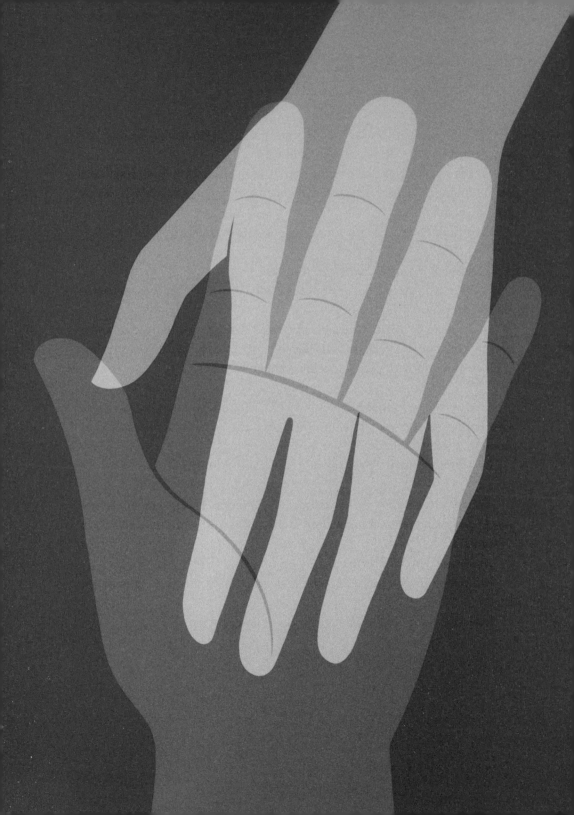

El pájaro amarillo canta en el árbol de ellos y hace que mi corazón dance de alegría.

Ambos vivimos en la misma aldea, y eso es nuestro único motivo de júbilo.

Su par de mimados corderos vienen a pacer a la sombra de los árboles de nuestro jardín.

Si se descarrían en de nuestro campo de cebada los tomo en mis brazos.

El nombre de nuestra aldea es Canyana, y Anyana llaman ellos a nuestro río.

Mi nombre lo conoce todo el pueblo, y el de ella es Ranyana.

Sólo un prado hay entre nosotros.

Las abejas que enjambran en nuestro bosquccillo van en busca de miel al de ellos.

Las flores arrojadas desde la escalera del embarcadero de ellos llegan flotando en la corriente donde nosotros nos bañamos.

Cestillos de flores secas de *kusm* vienen de los campos de ellos a nuestro mercado.

El nombre de nuestra aldea es Canyana, y Anyana llaman ellos a nuestro río.

Mi nombre lo conoce todo el pueblo, y el de ella es Ranyana.

En primavera, la senda que serpentea hasta su casa está fragante por las flores del mango.

Cuando la linaza de ellos está en sazón para la cosecha, el cáñamo está en flor en nuestro campo. Las estrellas que sonríen sobre la cabaña de ellos nos envían a nosotros la misma mirada parpadeante.

La lluvia que llena la cisterna de ellos alegra nuestro bosque de *kadam*.

El nombre de nuestra aldea es Canyana, y Anyana llaman ellos a nuestro río.

Mi nombre lo conoce todo el pueblo, y el de ella es Ranyana.

XVIII

Cuando las dos hermanas vienen a buscar agua, llegan hasta este sitio y sonríen. Deben saber de alguien que se esconde tras los árboles siempre que vienen a buscar agua.

Las dos hermanas cuchichean al oído al pasar por este sitio.
Deben haber adivinado el secreto de alguien que se esconde tras los árboles siempre que vienen a buscar agua.

De pronto sus cántaros se bambolean, y el agua se derrama cuando ellas llegan a este sitio.
Deben haber descubierto que el corazón de alguien que se esconde tras los árboles siempre que ellas vienen a buscar agua está latiendo.

Las dos hermanas se miran cuando pasan por este sitio, y sonríen.
En sus pies de pasos vivos hay una hilaridad que confunde la mente de alguien que se esconde tras los árboles siempre que vienen a buscar agua.

XIX

Venías por el sendero a orillas del río con el cántaro lleno a la cadera.

¿Por qué de pronto volviste la cara y me miraste a hurtadillas a través de tu velo aleteante?

Esa fulgurante mirada desde la oscuridad llegó a mí como una brisa que envía un temblor a través del agua rizada y alcanza rápidamente la playa en sombras.

Llegó a mí como el pájaro del anochecer que vuela raudo por el cuarto sin luz desde una ventana abierta a la otra, y desaparece en la noche. Como una estrella te has escondido tras las colinas, yo soy un transeúnte por el camino.

Pero ¿por qué te paraste un momento y me miraste a la cara a través de tu velo cuando venías por el sendero a orillas del río con el cántaro lleno a la cadera?

Día tras día llega y se va.

Ve, y dale una flor de mi pelo, amiga.

Si pregunta quién se la envía, por favor, no le digas mi nombre, porque él sólo llega y se va.

Está sentado en el polvo, bajo el árbol.

Extiende allí una estera con flores y hojas, amiga.

Tristes son sus ojos, y llenan de tristeza mi corazón.

No dice lo que tiene en su mente; sólo llega y se va.

XXI

¿Por qué eligió venir a mi puerta, el joven vagabundo, con el alba?

Cada vez que salgo y entro paso a su lado, y mis ojos quedan prendidos en su cara.

No sé si debo hablarle o guardar silencio. ¿Por qué eligió venir a mi puerta?

Las nubosas noches de julio son oscuras; el cielo es en otoño de un azul suave; los días de primavera están inquietos con el viento del sur.

Él teje sus canciones cada vez con melodías nuevas.

Abandono mi labor, y mis ojos se hinchen de niebla. ¿Por qué eligió venir a mi puerta?

XXII

Cuando pasó junto a mí con pasos rápidos, el pico de su falda me rozó.

Desde la desconocida isla de un corazón vino un súbito y cálido hálito de primavera.

Una vibración de roce me acarició ligera y se disipó en un momento, como vuela un arrancado pétalo de flor en la brisa.

Sobre mi corazón cayó como un suspiro de su cuerpo y un murmullo de su corazón.

XXIII

¿Por qué estás ahí sentada haciendo sonar tus brazaletes en puro pasatiempo ocioso?

Llena tu cántaro. Es hora de que vuelvas a casa.

¿Por qué remueves el agua con tus manos y a intervalos miras el sendero buscando a alguien, en puro pasatiempo ocioso?

Llena tu cántaro y vuelve a casa.

Las horas matinales pasan, fluye la oscura agua.

Las ondas están sonriendo y susurrándose unas a otras en puro pasatiempo ocioso.

Las nubes errantes se congregan en el filo del cielo sobre aquella elevación del paisaje.

Se demoran y miran a tu cara y sonríen en puro pasatiempo ocioso.

Llena tu cántaro y vuelve a casa.

XXIV

No escondas para ti sola el secreto de tu corazón, amiga.

Dímelo a mí, sólo a mí, en secreto.

Tú, de sonrisa tan dulce, susúrrame quedo, mi corazón lo oirá, no mis oídos.

La noche es profunda, la casa está silente, los nidos de los pájaros están amortajados con sueño.

Dime a través de tus lágrimas vacilantes, a través de tus sonrisas temblorosas, a través de dulce vergüenza y pena, el secreto de tu corazón.

XXV

«Ven, joven, dinos la verdad, ¿por qué hay locura en tus ojos?»

«He bebido no sé qué vino de adormidera silvestre, por eso hay esta locura en mis ojos.»

«¡Ah, qué vergüenza!»

«Bueno, unos son sabios y otros locos, unos cuidadosos y otros descuidados. Hay ojos que sonríen y ojos que lloran, y en mis ojos hay locura.»

«Joven, ¿por qué estás tan quieto bajo la sombra del árbol?»

«Mis pies están débiles por la carga de mi corazón, y permanezco quieto en la sombra.»

«¡Qué vergüenza!»

«Bueno, unos siguen su camino y otros se entretienen, unos son libres y otros están encadenados: y mis pies están débiles por la carga de mi corazón.»

«Lo que venga de tus complacientes manos tomo. Nada más pido.»

«Sí, sí, te conozco, sencillo mendigo, pides todo lo que una tiene.»

«Si hubiera una flor perdida para mí la llevaría en mi corazón.»

«Y ¿si tiene espinas?»

«Las soportaré.»

«Sí, sí, te conozco, sencillo mendigo, pides todo lo que una tiene.»

«Y si una vez alzaras tus amorosos ojos a mi cara, haría dulce mi vida más allá de la muerte.»

«Y ¿si sólo hubiera miradas crueles?»

«Las guardaría traspasándome el corazón.»

«Sí, sí, te conozco, sencillo mendigo, pides todo lo que una tiene.»

XXVII

«Confía en el amor aunque traiga pesares. No cierres tu corazón.»
«Ay, no, amigo, tus palabras son oscuras, no consigo entenderlas.»

«El corazón es sólo para darlo con una lágrima y una canción, mi amor.»
«Ay, no, amigo, tus palabras son oscuras, no consigo entenderlas.»

«Frágil es el placer como una gota de rocío que mientras ríe muere. Pero
la pena es fuerte y duradera. Deja que el doliente amor vele en tus ojos.»
«Ay, no, amigo, tus palabras son oscuras, no consigo entenderlas.»

«El loto florece a la vista del sol, y pierde cuanto tiene. No querría quedar-
se en capullo en la eterna bruma del invierno.»
«Ay, no, amigo, tus palabras son oscuras, no consigo entenderlas.»

XXVIII

Tus inquisitivos ojos están tristes. Tratan de saber mi designio como la luna querría penetrar el mar.

De principio a fin he descuidado mi vida ante tus ojos, sin ocultar nada ni nada refrenar.

Si fuera sólo una gema, la rompería en mil pedazos y los ensartaría en una cadena para ponerla en tu cuello.

Si fuera sólo una flor, redonda y menuda y dulce, la arrancaría de su tallo para ponerla en tu pelo.

Pero es un corazón, amada mía. ¿Dónde están sus orillas y su fondo?

No conoces los límites de su reino, aunque su reina seas tú.

Si fuera sólo un momento de placer florecería en una sonrisa tranquila, y lo verías y leerías en un momento.

Si fuera simplemente una pena se fundiría en límpidas lágrimas, reflejando sin una palabra su escondido secreto.

Pero es amor, amada.

Su placer y su pena son ilimitados, e inagotables su miseria y su riqueza.

Está cerca de ti como tu vida, pero nunca podrás conocerlo por entero.

Háblame, amor. Dime en palabras lo que estabas cantando.

La noche es oscura. Entre nubes se han perdido las estrellas. El viento está suspirando entre las hojas.

Soltaré mi pelo. Mi capa azul adherirá a mi alrededor la noche. Abrocharé tu cabeza a mi pecho, y allí, en dulce soledad, murmuraré sobre tu corazón. Cerraré mis ojos y escucharé. No miraré tu rostro.

Cuando tus palabras hayan terminado, nos sentaremos quedos y silentes. En la oscuridad sólo murmurarán los árboles.

La noche palidecerá. Clareará el día. Uno a otro nos miraremos a los ojos y seguiremos nuestros caminos diferentes.

Háblame, amor. Dime en palabras lo que estabas cantando.

XXX

Eres la nube vespertina flotando en el cielo de mis sueños.
Te pinto y te modelo siempre con las ansias de mi amor.
Eres mía, mía, Habitante de mis sueños sin fin.

Tus pies están rosáceos por el ardor del deseo de mi corazón, Espigadora de mis cantos del crepúsculo.
Tus labios están agridulces con el sabor de mi vino de dolor.
Eres mía, Habitante de mis sueños solitarios.

Con la sombra de mi pasión he oscurecido tus ojos, Cazadora de la hondura de mi mirada.
Te he tomado y envuelto, amor, en la red de mi música.
Eres mía, mía, Habitante de mis sueños inmortales.

XXXI

Mi corazón, pájaro del desierto, ha encontrado su cielo en tus ojos.

Ellos son la cuna de la mañana, ellos el reino de las estrellas.

Mis canciones se pierden en su hondura. Déjame sólo mecerme en ese cielo, en su solitaria inmensidad.

Déjame sólo hender sus nubes y desplegar las alas en su sol.

XXXII

Dime si todo esto es verdad, amor, dime si es verdad.

Cuando estos ojos despiden sus relámpagos, las oscuras nubes provocan en tu pecho una respuesta de tormenta.

¿Es cierto que mis labios son dulces como el capullo primero del primer amor culpable?

¿Perdura en mis miembros el recuerdo de los idos meses de mayo?

La tierra, como un arpa, ¿se estremece de canciones al contacto de mis pies?

¿Es entonces verdad que gotas de rocío caen de los ojos de la noche cuando soy visto, y que la luz de la mañana está alegre cuando envuelve mi cuerpo?

¿Es verdad, es verdad que tu amor ha viajado solo por edades y mundos en mi busca?

¿Que, cuando por fin me encontraste, tu eterno deseo encontró total paz en mis suaves palabras y en mis ojos, y en mis labios y en mi pelo ondulante?

¿Es entonces verdad que sobre esta pequeña frente mía está escrito el misterio del Infinito?

Dime, amado mío, si todo esto es verdad.

XXXIII

Te amo, amada. Perdóname mi amor.
Como un pájaro que pierde su camino estoy apresado.
Cuando mi corazón fue sacudido, perdió su velo y quedó desnudo.
Cúbrelo de piedad, amada, y perdóname mi amor.

Si no puedes amarme, amada, perdóname mi dolor.
No me mires con desdén ni de reojo.
A hurtadillas me iré a mi rincón y me sentaré en lo oscuro.
Con las dos manos cubriré mi vergüenza desnuda.
Aparta tu cara de mí, amada, y olvida mi dolor.

Si me amas, amada, perdóname mi alegría.
Cuando me siente en mi trono y te gobierne con mi tiranía de amor.
Cuando como una diosa te conceda yo mi favor, sé indulgente con mi orgullo, amada, y perdóname mi alegría.

ALMA CLÁSICOS ILUSTRADOS

978-84-17430-98-6

978-84-17430-45-0

978-84-17430-51-1

978-84-15618-86-7

978-84-17430-60-3

978-84-15618-78-2

978-84-17430-55-9

978-84-17430-64-1

978-84-17430-85-6

978-84-17430-96-2

978-84-17430-97-9

978-84-17430-57-3

www.editorialalma.com

ALMA CLÁSICOS ILUSTRADOS

reúne obras maestras de la literatura universal con
un diseño acorde con la personalidad de cada título.
La colección abarca libros de todos los géneros, épocas y lugares en
cuidadas ediciones, e incluye ilustraciones creadas por talentosos artistas.
Magníficas ediciones para ampliar su biblioteca y
disfrutar del placer de la lectura con todos los sentidos.

978-84-17430-47-4

978-84-15618-82-9

978-84-15618-69-0

978-84-15618-83-6

978-84-15618-68-3

978-84-15618-71-3

978-84-17430-42-9

978-84-17430-74-0

978-84-15618-89-8

978-84-17430-54-2

978-84-17430-32-0

978-84-17430-83-2

Síguenos en: 📷 @almaeditorial ⨍ Almaeditorial

XXXIV

No te vayas, mi amor, sin pedirme licencia. Toda la noche he velado, y mis ojos están ahora pesados de sueño.

Tengo miedo a perderte mientras estoy durmiendo.

No te vayas, mi amor, sin pedirme licencia.

Despierto sobresaltado y extiendo mis manos para tocarte. Me pregunto a mí mismo: «¿Es un sueño?».

¡Si pudiera enredar tus pies con mi corazón y sujetarlos firmemente a mi pecho!

No te vayas, mi amor, sin pedirme licencia.

XXXV

Por miedo a que te conozca demasiado fácilmente, juegas conmigo.
Me ciegas con destellos de risa para ocultar tus lágrimas.
Conozco, conozco tus ardides.
Nunca dices la palabra que querrías decir.

Por miedo a que no sepa valorarte, me evitas en mil caminos.
Por miedo a que te confunda con la multitud, te quedas sola aparte.
Conozco, conozco tus ardides.
Nunca vas por el camino que querrías.

Tu existencia es más que la de otras, por eso guardas silencio.
Con traviesa negligencia evitas mis regalos.
Conozco, conozco tus ardides.
Nunca aceptas lo que querrías aceptar.

Susurró: «Amor mío, levanta los ojos».
Yo le reñí mordazmente, y dije: «Vete». Pero él no se movió.
Se quedó delante de mí y me tomó las manos.
Yo dije: «Déjame». Pero él no se fue.

Acercó su cara a mi oído. Le miré y dije:
«¡Qué vergüenza!» Pero él no se movió.
Sus labios tocaron mi mejilla. Yo temblé y dije:
«Eres demasiado atrevido». Pero él no tuvo vergüenza.

Puso una flor en mi pelo. Yo dije: «Es inútil». Pero él siguió sin moverse.
Tomó la guirnalda de mi cuello y se fue. Yo lloro y pregunto a mi corazón: «¿Por qué no vuelve?».

¿Quieres poner tu guirnalda de frescas flores en mi cuello, hermosa?

Pero debes saber que la única guirnalda que he tejido es para muchos, para aquellos que son vistos en relámpagos fugaces, o moran en tierras inexploradas, o viven en canciones de poetas.

Es demasiado tarde para pedir mi corazón a cambio del tuyo.

Hubo un tiempo en que mi vida era como un capullo, todo su perfume estaba atesorado en su corazón.

Ahora está derrochado por todas partes.

¿Quién conoce el conjuro que puede juntarlo y volver a encerrarlo?

Mi corazón no es mío para darlo sólo a una, lo doy a muchos.

XXXVIII

Amor, hubo una vez un tiempo en que tu poeta se lanzó a un gran canto épico en su mente.

¡Ay! No tuve cuidado: chocó contra tus sonoras ajorcas y sufrió daños.

Se rompió en trocitos de canciones y cayó desparramado a tus pies.

Todo mi cargamento de historias de viejas guerras fue sacudido por las olas rientes, se empapó de lágrimas y se hundió.

Debes convertir esta pérdida en un bien para mí, amor.

Si mis derechos a la fama inmortal tras la muerte se han hecho añicos, hazme tú inmortal mientras viva.

Y no me lamentaré por mi pérdida ni te acusaré.

XXXIX

Trato de tejer una guirnalda toda la mañana, pero las flores resbalan y se esparcen.

Tú estás ahí, sentada, vigilándome en secreto con el rabillo de tus ojos acechantes.

Pregunta a estos ojos, que oscuramente planean travesuras, de quién fue la culpa.

Trato de cantar una canción, mas es en vano.

Una sonrisa escondida tiembla en tus labios; pregúntale la razón de mi fracaso.

Deja que tus labios risueños digan bajo juramento cómo se perdió a sí misma mi voz en silencio igual que una abeja ebria en el loto.

Anochece, y ha llegado el momento de que las flores cierren sus pétalos.

Déjame que me siente a tu lado, y ordena hacer a mis labios el trabajo que puede hacerse en silencio bajo la opaca luz de las estrellas.

XL

Una sonrisa escéptica revolotea en tus ojos cuando voy a despedirme.

Lo he hecho tan a menudo que piensas que pronto he de volver.

Para decirte la verdad, también tengo la misma duda en mi mente.

Porque los días de primavera vuelven una y otra vez; la luna llena se despide y llega para visitarnos de nuevo, las flores vuelven y se sonrosan en su rama cada año, y así es como me despido, sólo para volver de nuevo.

Pero conserva la ilusión por un momento, no la despaches con brusca rapidez.

Cuando digo que te dejo para siempre, acéptalo como verdad, y deja que por un momento una bruma de lágrimas ahonde la oscura orilla de tus ojos.

Luego, cuando yo vuelva, ríe con tanta malicia como quieras.

XLI

Anhelo decirte las palabras más profundas que tengo que decirte; pero no me atrevo, por miedo a que te rías.

Por eso me río de mí mismo y hago añicos mi secreto en bromas.

Me río de mi pena, por miedo a que lo hagas tú.

Anhelo contarte las palabras más verdaderas que tengo que decirte; pero no me atrevo por miedo a que no las creas.

Por eso las disfrazo de mentiras, diciendo lo contrario de lo que quiero decir.

Hago que mi pena parezca absurda, por miedo a que lo hagas tú.

Anhelo usar las palabras más preciosas que para ti tengo; pero no me atrevo, por miedo a no ser pagado con la misma moneda.

Por eso te doy nombres duros y me jacto de mi insensible vehemencia.

Te causo dolor, por miedo a que no conozcas nunca la pena.

Anhelo sentarme en silencio a tu lado; pero no me atrevo, por miedo a que mi corazón salga a mis labios.

Por eso charlo y parloteo y oculto mi corazón tras las palabras.

Trato con rudeza mi pena, por miedo a que lo hagas tú.

Anhelo alejarme de tu lado; pero no me atrevo, por miedo a que te des cuenta de mi cobardía.

Por eso llevo alta mi cabeza y acudo con aire indiferente a tu presencia.

Las constantes punzadas de tus ojos renuevan mi dolor eternamente.

XLII

¡Oh, loco, soberbiamente embriagado!
Si de un puntapié abres tus puertas y haces de bufón en público;
si vacías tus bolsillos en una noche, y haces una higa a la prudencia;
si caminas por senderos extraños y juegas con cosas inútiles;
si obras sin ton ni son;
si desplegando tus velas en la tormenta partes en dos el gobernalle,
entonces te seguiré, camarada, me embriagaré y me arruinaré contigo.

He perdido mis días y mis noches en compañía de tranquilos y sabios vecinos.
El mucho saber ha encanecido mi pelo, y ha cegado mi vista el mucho velar.
Durante años reuní y amontoné sobras y fragmentos de cosas.
Las pisoteo y bailo encima, y las avento a todos los vientos.
Porque sé que la suprema sabiduría es estar borracho y arruinado.

Deja que todos los falsos escrúpulos se disipen, déjame desesperadamente extraviar mi camino.
Deja que una ráfaga de salvaje vértigo llegue y me barra lejos de mis anclas.
El mundo está poblado de gente estimable, laboriosa, útil, inteligente.
Hay hombres que con facilidad son los primeros, y hombres que decentemente ocupan el segundo puesto.
Déjalos ser fáciles y prosperar, y déjame a mi ser neciamente inútil.
Porque sé que ése es el fin de todos los trabajos: estar borracho y arruinado.

Juro desde este momento renunciar a toda pretensión a las filas de la decencia.
Abandono mi orgullo de saber y el juicio de lo bueno y de lo malo.

Hago pedazos la nave del recuerdo, dispersando hasta la última gota de las lágrimas.

Con la espuma del vino rojo de las bayas bañaré e iluminaré mi risa.

Por ahora rasgaré en jirones la bandera de lo educado y lo serio.

Hago juramento sagrado de ser despreciable, de estar borracho y arruinado.

XLIII

No, amigos míos, nunca seré asceta, por más que me digáis.

Nunca seré asceta si ella no hace el voto conmigo.

He tomado la firme resolución de no convertirme nunca en asceta si no puedo hallar un refugio umbrío y una compañera para mi penitencia.

No, amigos míos, nunca abandonaré mi casa ni mi hogar, ni me retiraré al bosque solitario si no resuenan joviales risas en el eco de su sombra y si el pico de su manto azafranado no aletea en el viento; si su silencio no se hace más hondo con blandos susurros.

Nunca seré asceta.

XLIV

Reverendo señor, perdona a este par de pecadores. Las brisas de primavera soplan hoy en remolinos salvajes, llevándose lejos el polvo y las hojas muertas: con ellos tus lecciones se han perdido.

No nos digas, padre, que la vida es vanidad.

Porque esta vez hemos pactado una tregua con la muerte, y sólo por unas pocas y fragantes horas nos hemos vuelto los dos inmortales.

Incluso si viniera el ejército del Rey y con furia cayera sobre nosotros, tristemente sacudiríamos la cabeza y diríamos: «Hermanos, estáis molestándonos. Si debéis dedicaros a ese juego ruidoso, id a otra parte a hacer resonar vuestras armas. Sólo por unos momentos pasajeros nos hemos vuelto inmortales».

Si gente amiga viene y se reúne a nuestro alrededor, los saludaríamos humildemente y les diríamos: «Esta extravagante buena suerte es una complicación para nosotros. Escaso es el espacio en el cielo infinito donde moramos. Porque en la primavera las flores vienen en tropel y las alas bulliciosas de las abejas chocan entre sí. Nuestro pequeño cielo, donde solos nosotros dos, inmortales, moramos, es absurdamente estrecho».

A los huéspedes que deben partir ofréceles la paz de Dios y borra todas las huellas de sus pies.

Toma en tu pecho con una sonrisa lo que es fácil y simple y está cerca.

Hoy es la fiesta de los fantasmas que no saben cuándo han de morir.

Deja que tu risa sea una alegría sin sentido como los centelleos de la luz sobre las ondas.

Deja que tu vida dance ligera sobre los límites del tiempo como el rocío en la punta de una hoja.

Arranca de las cuerdas de tu arpa inciertos ritmos pasajeros.

XLVI

Me dejaste y seguiste tu camino.

Creí que estaría de duelo por ti y que pondría en mi corazón tu solitaria imagen tallada en una canción de oro.

Pero, ay, aciaga suerte mía, el tiempo es breve.

La juventud se marchita año tras año; los días de primavera son fugaces; las frágiles flores mueren por nada, y el sabio me advierte que la vida no es sino una gota de rocío sobre la hoja de loto.

¿Olvidaré todo esto para mirar a una que me volvió la espalda?

Sería necio y vano, porque el tiempo es breve.

Venid, pues, lluviosas noches mías con pies menudos; sonríe, otoño mío de oro; ven, desatento abril, que esparces tus besos a lo lejos.

Y ven tú, y tú, y también tú.

Amores míos, sabéis que somos inmortales.

¿Es prudente romperse el corazón por una que lleva lejos el suyo? Porque el tiempo es breve.

Es dulce estar sentado en un rincón cavilando y escribiendo en rima que tú eres todo mi mundo.

Es heroico abrazarse al dolor propio y decidir no ser consolados.

Pero un rostro lozano se asoma a mi puerta y alza sus ojos a mis ojos.

No puedo sino enjugarme las lágrimas y cambiar la melodía de mi canto.

Porque el tiempo es breve.

XLVII

Si así lo quieres, dejaré de cantar.

Si hace que tu corazón dé un vuelco, apartaré mis ojos de tu cara.

Si de pronto te sobresalto en tu paseo, me haré a un lado y tomaré otro sendero.

Si te confundo cuando trenzas flores, evitaré tu jardín solitario.

Si revuelve el agua y la alborota, no llevaré mi barca por tu orilla.

XLVIII

Libérame de los brazos de tu dulzura, amor. No me des más de este vino de besos.

Esta niebla de pesado incienso ahoga mi corazón.

Abre las puertas, haz espacio para la luz de la mañana.

Estoy perdido en ti, envuelto en los pliegues de tus caricias.

Libérame de tus hechizos, y devuélveme la resolución para ofrecerte mi corazón liberado.

XLIX

Tomo sus manos y las estrecho contra mi pecho.

Intento llenar mis brazos con su hermosura, robar su dulce sonrisa con besos, beber su oscura mirada con mis ojos.

Ay, pero ¿dónde es eso? ¿Quién puede abrazar el azul del cielo?

Intento tomar la belleza; pero ella me elude, dejando sólo el cuerpo en mis manos.

Burlado y fatigado, abandono.

¿Cómo puede el cuerpo tocar la flor que sólo el espíritu puede tocar?

L

Amor, mi corazón arde largos días y noches por encontrarte: un encuentro que es como la muerte devoradora de todo.

Arrebátame como una tormenta; toma todo lo que tengo; descerraja mi noche y roba mis sueños. Húrtame de mi mundo.

En esta devastación, en la total desnudez de espíritu, deja que seamos uno en belleza.

¡Ay, qué vano es mi deseo! ¿Dónde ha de estar la esperanza de unión salvo en ti, Dios mío?

LI

Acaba, pues, la última canción y partamos.

Olvida esta noche cuando ya la noche no existe.

¿A quién intento estrechar en mis brazos?

Nunca se pueden apresar los sueños.

Mis manos afanosas comprimen el vacío sobre mi corazón, y eso hiere mi pecho.

¿Por qué se apagó la lámpara?

La protegí con mi manto para resguardarla del viento, por eso se apagó la lámpara.

¿Por qué se marchitó la flor?

La apreté con mano impaciente contra mi corazón, por eso se marchitó la flor.

¿Por qué se secó la corriente?

Hice un dique en ella para tenerla sólo para mí, por eso se secó la corriente.

¿Por qué se rompió la cuerda del arpa?

Traté de forzar una nota que no alcanzaba, por eso la cuerda del arpa se rompió.

¿Por qué con una mirada me avergüenzas? No he venido como un mendigo.

Sólo una hora fugaz estuve parado al final de tu patio al otro lado del seto del jardín.

¿Por qué con una mirada me avergüenzas?

De tu jardín no tomé ninguna rosa, ningún fruto arranqué.

Humildemente me refugié bajo la sombra a orillas del camino donde cualquier viajero extraño puede quedarse.

Ni una rosa arranqué.

Sí, mis pies estaban cansados, y caía el chaparrón de la lluvia. Los vientos gemían entre las oscilantes ramas de bambú.

Las nubes corrían por el cielo como en la huida de la derrota.

Mis pies estaban cansados.

No sé lo que pensaste de mí o a quién aguardabas en tu puerta.

Centelleos de relámpagos deslumbraban tus ojos vigilantes.

¿Cómo iba yo a saber que podías verme mientras permanecía en la oscuridad?

No sé lo que pensaste de mí.

El día ha terminado, y la lluvia ha cesado un momento.

Dejo la sombra del árbol al final de tu jardín y este asiento en la hierba.

Está oscuro; cierra tu puerta; yo sigo mi camino.

El día ha terminado.

¿Adónde corres con tu cesto tan tarde cuando ya el mercado ha terminado?

Todos han vuelto a sus casas con sus cargas; la luna atisba desde arriba los árboles de la aldea.

Los ecos de las voces que llaman a la barca corren por el agua oscura hasta la lejana marisma donde duermen los patos silvestres.

¿Adónde corres con tu cesto cuando ya el mercado ha terminado?

El sueño ha puesto sus dedos sobre los ojos de la tierra.

En silencio están los nidos de los cuervos, y han callado los murmullos de las hojas de bambú.

Al volver de sus campos los campesinos extienden sus esteras en los patios.

¿Adónde corres con tu cesto cuando ya el mercado ha terminado?

Era mediodía cuando te fuiste.

En el cielo ardía con fuerza el sol.

Yo había terminado mi labor y estaba sentada y sola en mi balconada cuando te fuiste.

Ráfagas intermitentes venían esparciendo los olores de muchos campos distantes.

Los palomos arrullaban cansados en la sombra, y una abeja que se perdió en mi cuarto canturreaba noticias de muchos campos distantes.

La aldea dormía en el calor del mediodía. El camino yacía desierto.

En arranques repentinos se alzaba y moría el rumor de las hojas.

Yo miraba el cielo y tejía en el azul las letras de un nombre que había conocido, mientras la aldea dormía en el calor del mediodía.

Había olvidado trenzar mi pelo. La brisa jugaba indolente con él en mi mejilla.

El río corría sereno bajo la orilla umbría.

Las blancas nubes perezosas no se movían.

Había olvidado trenzar mi pelo.

Era mediodía cuando te fuiste.

El polvo del camino estaba ardiendo y los campos jadeaban.

Los palomos arrullaban entre las tupidas hojas.

Yo estaba sola en mi balconada cuando te fuiste.

Yo era una entre las muchas mujeres ocupadas en las oscuras tareas cotidianas de la casa.

¿Por qué me señalaste y me sacaste del fresco refugio de nuestra vida común?

Sagrado es el amor no expresado. Relumbra como un diamante en la sombra del corazón escondido. A la luz del día indiscreto parece despiadadamente oscuro.

Ah, rompiste la envoltura de mi corazón y arrastraste mi amor tembloroso al descubierto, destrozando para siempre el sombrío rincón donde oculta su nido.

Las demás mujeres están igual que antes.

Ninguna se ha asomado a su ser más íntimo, y ni ellas mismas conocen su propio secreto. Levemente sonríen, y lloran, parlotean y trabajan. Van al templo cada día, encienden sus lámparas, traen agua del río.

Yo esperaba que mi amor me salvaría de la trémula vergüenza del desamparo, pero tú apartas la cara.

Sí, delante de ti yace abierto tu camino, pero me has cortado la retirada y dejado desnuda ante el mundo con sus ojos sin párpados fijos en mí noche y día.

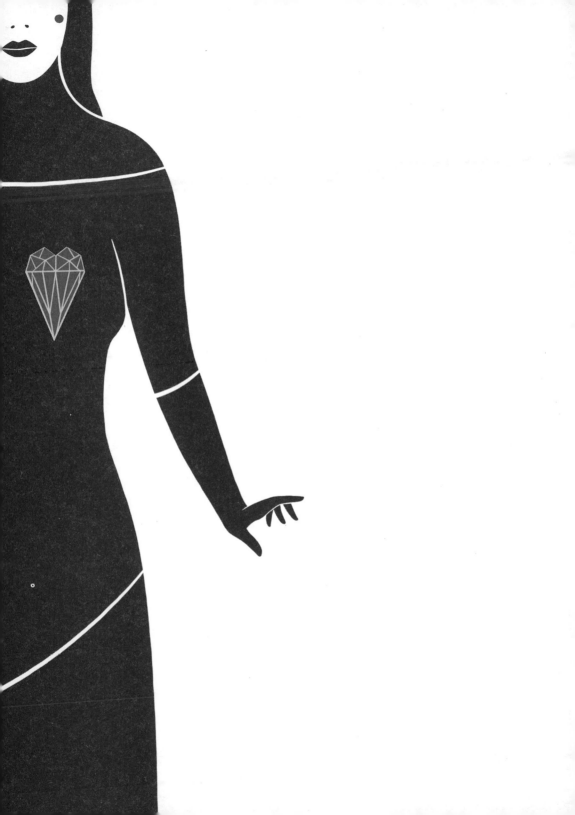

LVII

Yo arranqué tu flor, oh mundo.

La apreté contra mi corazón y se me clavó la espina.

Cuando cayó el día y se hizo oscuro vi que la flor se había marchitado, pero el dolor seguía.

Muchas flores irán hasta ti con fragancia y orgullo, oh mundo.

Pero mi tiempo de recolectar flores ha pasado, y en la oscura noche no tengo mi rosa, sólo el dolor pervive.

LVIII

Una mañana, en el jardín de flores una niña ciega vino a ofrecerme una cadeneta de flores sobre una hoja de loto.

Me la puse alrededor del cuello, y las lágrimas vinieron a mis ojos.

La besé y dije: «Eres ciega como lo son las flores.

Ni tú misma puedes conocer la hermosura de tu regalo».

LIX

Oh mujer, no eres simplemente obra de las manos de Dios, también de los hombres que siempre están dotándote con la hermosura de sus corazones.

Los poetas están tejiéndote una trama con los hilos de su fantasía de oro; los pintores están dando a tu forma nueva inmortalidad siempre.

El mar da sus perlas, las minas su oro, los jardines de verano sus flores, para engalanarte, para cubrirte, para hacerte más preciosa.

El deseo de los corazones de los hombres derrama su gloria sobre tu juventud.

Eres mitad mujer y mitad sueño.

LX

Entre el torrente y el rugido de la vida, oh Belleza tallada en piedra, permaneces muda y serena, lejana y sola.

El Gran Tiempo se sienta enamorado a tus pies y murmura:

«Habla, háblame, amor; habla, amada mía».

Pero tus palabras están aprisionadas en la piedra, oh Inmutable Belleza.

Paz, corazón mío, deja que la hora de la partida sea dulce.

Que no sea muerte sino perfección.

Que se convierta el amor en recuerdo y el dolor en canciones.

Que el vuelo a través del cielo termine en un plegar de alas sobre el nido.

Que el último contacto de tus manos sea apacible como la flor de la noche.

Sosiega un momento, oh Hermoso Final, y di tus últimas palabras en silencio.

Ante ti me inclino y levanto mi lámpara para alumbrarte en tu camino.

LXII

En el sombrío sendero de su sueño fui a buscar el amor que fue mío en una vida anterior.

Su casa se alzaba al final de una calle desolada.
En la brisa vespertina su pavo real favorito dormitaba en su percha, y mudos estaban los palomos en su rincón.

Ella puso su lámpara al pie del umbral y permaneció de pie delante de mí.
Alzó sus anchos ojos hacia mi rostro y preguntó en silencio: «¿Estás bien, amigo?».
Yo traté de contestar, pero había perdido y olvidado nuestro lenguaje.

Pensé y pensé; no venían nuestros nombres a mi mente.
Brillaron las lágrimas en sus ojos. Me tendió la mano derecha. Yo la tomé y permanecí en silencio.

Nuestra lámpara vaciló en la brisa vespertina y se apagó.

LXIII

Viajero, ¿debes irte?

La noche es sosegada y la oscuridad se desmaya sobre el bosque.

Las lámparas brillan en nuestro balcón, todas las flores están frescas, y los ojos llenos de juventud todavía están despiertos.

¿Ha llegado la hora de tu partida?

Viajero, ¿debes irte?

No queremos rodear tus pies con nuestros brazos suplicantes.

Tus puertas están abiertas. Tu caballo aguarda ensillado en la cerca.

Si hemos tratado de impedir tu paso sólo ha sido con nuestras canciones.

Si aún tratamos de que te detengas es sólo con nuestros ojos.

Viajero, no esperamos retenerte. Sólo tenemos nuestras lágrimas.

¿Qué fuego devorador centellea en tus ojos?

¿Qué fiebre de inquietud corre en tu sangre?

¿Qué llamada desde la oscuridad te solicita?

¿Qué terrible encantamiento has leído entre las estrellas del cielo, para que la noche silente y extraña se haya metido en tu corazón con un sigiloso mensaje secreto?

Si desprecias las reuniones alegres, si debes tener paz, cansado corazón, apagaremos nuestras lámparas y acallaremos nuestras arpas.

Nos sentaremos tranquilamente en la oscuridad en medio del susurro de las hojas, y la fatigada luna derramará pálidos rayos sobre tu ventana.

Oh viajero, ¿qué espíritu de insomnio ha pasado rozándote desde el corazón de la medianoche?

LXIV

He gastado mi día en el abrasador y caliente polvo del camino.

Ahora, en el frescor de la noche, llamo a la puerta del albergue. Está desierto y en ruinas.

Un *ashath* ceñudo extiende sus ávidas raíces que se agarran a las hendijas abiertas de los muros.

Hubo un tiempo en que los caminantes venían aquí a lavar sus pies cansados.

Tendían sus esteras en el patio a la luz difusa de la luna temprana y sentados hablaban de extraños países.

Se levantaban descansados por la mañana cuando los pájaros los alegraban, y las flores amistosas inclinaban hacia ellos sus cabezas desde la orilla del camino.

Pero ninguna lámpara encendida me espera cuando llego.

Las negras manchas del humo dejado por muchas olvidadas lámparas me miran, como negros ojos, desde la pared.

Las luciérnagas pasan apagándose en el matorral que hay junto a alberca seca, y las ramas de bambú extienden sus sombras sobre el camino cubierto de hierba.

Soy el huésped de nadie al final de mi día.

Delante de mí, la noche larga, y estoy cansado.

LXV

¿Es de nuevo tu llamada?

Ha llegado la noche. El cansancio se adhiere en torno mío como los brazos del amor suplicante.

¿Me llamas tú?

Te he dado todo mi día, dueña cruel, ¿también has de privarme de mi noche?

Sin embargo, para todo hay un fin, y la soledad de la noche propia es de cada uno.

¿Debe tu voz atravesarla y afligirme?

¿No lleva la noche ninguna música de sueño a tu puerta?

Las estrellas de alas silenciosas, ¿nunca escalan el cielo por encima de tu despiadada torre?

¿Nunca las flores caen sobre el polvo, en blanda muerte, en tu jardín?

¿Debes llamarme tú, atormentada?

Deja a los tristes ojos del amor velar y llorar en vano.

Deja arder la lámpara en la casa solitaria.

Deja que la barca lleve a los cansados campesinos a sus casas.

Yo dejo olvidados mis sueños y acudo a tu llamada.

LXVI

Un loco errante buscaba la piedra filosofal, con los mechones de pelo apelmazados, leonados y cubiertos de polvo y el cuerpo reducido a sombra, los labios fuertemente apretados como las cerradas puertas de su corazón y los ojos ardientes como la lámpara de un gusano de luz buscando pareja.

Ante él rugía el océano infinito.

Las gárrulas olas hablaban incesantes de escondidos tesoros, burlándose de la ignorancia que desconocía su sentido.

Tal vez no le quedaba ninguna esperanza, pero no quería descansar, porque buscar se había vuelto su vida.

Como el océano que siempre tiende sus brazos al cielo para alcanzar lo inalcanzable.

Como las estrellas que, en círculo, aún van a la búsqueda de una meta que jamás podrá ser alcanzada.

Así, sobre la playa solitaria, el loco de los polvorientos mechones leonados seguía vagando en busca de la piedra filosofal.

Un día un muchacho de la aldea se acercó a preguntarle: «Dime, ¿dónde has encontrado esa cadena de oro que llevas al pecho?».

El loco miró: la cadena que hasta entonces había sido de hierro era de oro; no era un sueño, pero no supo cuándo se había producido el cambio.

Se golpeó salvajemente la frente: ¿dónde, oh, dónde sin darse cuenta lo había conseguido?

Tenía una costumbre, buscar las piedrecillas y golpear con ellas la cadena, y tirarlas luego sin mirar siquiera si se había producido un cambio; así el hombre loco encontró y perdió la piedra filosofal.

El sol estaba hundiéndose por el oeste, el cielo era de oro.

El loco volvió sobre sus pasos para buscar de nuevo el tesoro perdido, con la fuerza ida, el cuerpo roto, y su corazón en el polvo, lo mismo que un árbol desarraigado.

Aunque la noche llegue con lentos pasos y haya indicado que cesen todos los cantos;

aunque tus compañeros se hayan ido a descansar y tú estés cansado;

aunque el miedo encobe en la oscuridad y el rostro del cielo esté velado;

pájaro, pájaro mío, óyeme, no cierres tus alas.

No es ésta la sombra de las hojas del bosque, es el mar hinchándose como una oscura serpiente negra.

No es ésta la danza del jazmín florecido, es la centelleante espuma.

Ay, ¿dónde está la verde orilla, llena de sol?, ¿dónde tu nido?

Pájaro, pájaro mío, óyeme, no cierres tus alas.

La solitaria noche se extiende a tu camino, la aurora duerme tras las colinas llenas de sombra. Las estrellas contienen su aliento contando las horas, la frágil luna nada en la noche profunda. Pájaro, pájaro mío, óyeme, no cierres tus alas.

No hay esperanza, no hay temor para ti.

No hay palabras, susurros ni gritos. No hay hogar, ni lecho de descanso.

Sólo hay tu propio par de alas y el cielo sin senderos.

Pájaro, pájaro mío, óyeme, no cierres tus alas.

Nadie vive por siempre, hermano, y nada dura. Guarda esto en tu mente y alégrate.

Nuestra vida no es sólo una vieja carga, nuestro sendero no es sólo la larga jornada.

Un solo poeta no tiene que cantar una misma vieja canción.

La flor se marchita y muere; pero quien la lleva no debe llorarla siempre.

Hermano, guarda esto en tu mente y alégrate.

Ha de llegar una pausa completa para hilar la perfección en música.

La vida cae hacia su crepúsculo para ahogarse en sombras doradas.

De su juego debe ser llamado el amor para beber penas y renacer en el cielo de las lágrimas. Hermano, guarda esto en tu mente y alégrate.

Nos apresuramos a guardar nuestras flores por miedo a que los vientos pasajeros las despojen.

Hierve nuestra sangre y nos brillan los ojos cuando robamos besos que se desvanecerían si tardásemos.

Nuestra vida es anhelante, intensos nuestros deseos, siempre dobla la campana de la partida.

Hermano, guarda esto en tu mente y alégrate.

No hay tiempo para que agarremos una cosa y la aplastemos y la arrojemos al polvo.

Las horas caminan raudas, escondiendo sus sueños bajo el sayo.

Breve es nuestra vida; mas para el amor sólo da unos pocos días.

Si fueran para el trabajo y la fatiga serían infinitamente largos.

Hermano, guarda esto en tu mente y alégrate.

Dulce nos es la belleza, porque danza al mismo ritmo efímero que nuestras vidas.

Precioso nos es el conocimiento, porque nunca tendremos tiempo para completarlo.

Todo está hecho y terminado en el eterno Paraíso.

Pero las flores terrenas de la ilusión las guarda eternamente frescas la muerte.

Hermano, guarda esto en tu mente y alégrate.

Salgo a cazar el ciervo dorado.

Podéis sonreír, amigos, pero persigo la visión que me esquiva.

Corro por colinas y valles, vago por tierras sin nombre, porque he salido a cazar el ciervo dorado.

Vosotros salís y compráis en el mercado y volvéis a vuestro hogar cargados con géneros, pero a mí el hechizo de los vientos sin hogar me tocó no sé dónde ni cuándo.

Ninguna preocupación hay en mi corazón; a mis espaldas dejé todas mis pertenencias.

Corro por colinas y valles, vago por tierras sin nombre, porque he salido a cazar el ciervo dorado.

LXX

Recuerdo que un día de mi infancia hacía flotar mi barco de papel en la acequia.

Era un día húmedo de julio; estaba solo y feliz con mi juego.

Hacía flotar mi barco de papel en la acequia.

Súbitamente se amontonaron las nubes de tormenta, llegaron los vientos en torbellino, y la lluvia diluvió a torrentes.

Arroyos de agua fangosa empujaron y engrosaron la corriente y hundieron mi barco.

Amargamente pensé que la tormenta había llegado adrede para echar a perder mi felicidad; contra mí era toda su malevolencia.

Hoy largo es el nuboso día de julio, y he estado meditando en todos esos juegos de la vida en los que siempre fui perdedor.

Estaba censurando a mi destino por las muchas jugarretas que me ha gastado cuando de pronto recordé el barco de papel que se hundió en la acequia.

LXXI

Aún no ha terminado el día, no está cerrada la feria todavía, la feria a orillas del río.

Temí haber gastado mi tiempo y haber perdido mi último penique.

Pero no, hermano mío, aún me queda algo. Mi hado no me ha despojado de todo.

Ya no hay compradores ni vendedores.

Todas las cuentas están ajustadas por ambas partes, y hora es de que yo vuelva a casa.

Pero, guardabarrera, ¿reclamas tu portazgo?

No temas, aún me queda algo. Mi hado no me ha despojado de todo.

La calma en el viento amenaza tormenta, y las encapotadas nubes no presagian al oeste nada bueno.

El agua aquietada espera el viento.

Me apresuro a cruzar el río antes que me alcance la noche.

Oh, barquero, ¡quieres tu paga!

Sí, hermano, algo me queda todavía. Mi hado no me ha despojado de todo.

A orilla del camino, bajo el árbol, está sentado el mendigo. Ay, me mira al rostro con tímida esperanza.

Piensa que vengo cargado con las ganancias del día.

Sí, hermano, algo me queda todavía. Mi hado no me ha despojado de todo.

La noche se vuelve negra y solitario el sendero. Entre las hojas brillan las luciérnagas.

¿Quién eres tú que me sigues con silentes pasos furtivos?

Ah, ya sé, quieres robarme todas mis ganancias. No te defraudaré.

Porque algo me queda todavía. Mi hado no me ha despojado de todo.

A medianoche llego a casa. Vacías están mis manos.

Tú esperas con ojos ansiosos a mi puerta, silente y desvelada.

Como un tímido pájaro vuelas a mi pecho con ansia de amor.

Sí, sí, Dios mío, todavía me queda mucho. Mi hado no me ha despojado de todo.

LXXII

En jornadas de duro trabajo alcé un templo. No tenía puertas ni ventanas, sus muros eran espesos y estaban construidos con piedras macizas.

Olvidé todo lo demás, me aparté del mundo, en arrobo quedé contemplando la imagen que sobre el altar puse.

Dentro siempre era de noche, y lo iluminaba con lámparas de aceite perfumado.

El incesante humo del incienso envolvía mi corazón en sus pesadas espirales.

Desvelado, grabé sobre los muros fantásticas figuras en laberínticas y desconcertantes líneas: caballos alados, flores de rostro humano, mujeres con miembros como serpientes.

No dejé abertura alguna por donde pudiera pasar el canto de los pájaros, el murmullo de las hojas o el rumor de la aldea.

El único sonido que resonaba en su oscuro domo era el de los encantamientos que yo entonaba.

Mi espíritu se volvió agudo y sereno como una llama puntiaguda, mis sentidos se desvanecieron en éxtasis.

No supe cómo pasó el tiempo hasta que el rayo hirió el templo y un dolor me punzó en todo el corazón.

La lámpara pareció pálida y avergonzada; los grabados sobre los muros, como sueños encadenados, llamativos, sin sentido a la luz, como si quisieran esconderse voluntariamente ellos mismos.

Miré la imagen sobre el altar. La vi sonreír y avivarse al contacto vivificante del Dios. La noche que yo había aprisionado extendió sus alas y se desvaneció.

¡No es tuya la infinita riqueza, mi paciente y sombría madre, polvo!

Te afanas para llenar las bocas de tus hijos, pero escaso es el alimento.

El don de alegría que nos haces nunca es perfecto.

Frágiles son los juguetes que construyes para tus hijos.

No puedes satisfacer todas nuestras insaciables esperanzas, mas ¿habría de abandonarte por eso?

Tu sonrisa ensombrecida por el dolor dulce es a mis ojos.

Tu amor que no conoce cumplimiento es caro a mi corazón.

Desde tu pecho nos has alimentado con vida pero no con inmortalidad; por eso tus ojos están siempre desvelados.

Desde hace siglos estás trabajando con color y canción, y aún tu cielo no está construido, sólo su triste sugestión.

Sobre tus canciones de belleza está la niebla de las lágrimas.

Yo verteré mis canciones en tu mudo corazón, y mi amor en tu amor.

Te adoraré con el trabajo.

He visto tu dulce rostro y amo tu sombrío polvo, Madre Tierra.

LXXIV

En la sala de audiencia del mundo la simple hoja de hierba se sienta en el mismo tapiz con el rayo de sol y las estrellas de la medianoche.

Así mis canciones ocupan sus asientos en el corazón del mundo con la música de las nubes y los bosques.

Pero tú, hombre rico, tu riqueza no participa en la sencilla grandeza del alegre oro del sol y en el suave resplandor de la luna pensativa.

La bendición del cielo que todo lo abarca no se extiende hasta ti.

Y cuando aparece la muerte, esa riqueza palidece y se marchita y se resuelve en polvo.

A medianoche el que quería ser asceta anunció:

«Ha llegado el momento de abandonar mi casa y buscar a Dios. Ay, ¿quién me ha retenido aquí tanto tiempo en el engaño?»

Dios susurró: «Yo». Pero los oídos del hombre estaban taponados.

Con un niño dormido al pecho estaba su mujer, durmiendo pacíficamente en un lado de la cama.

El hombre dijo: «¿Quiénes me han engañado tanto tiempo?».

De nuevo dijo la voz: «Ellos son Dios». Pero él no oyó.

El niño gritó en su sueño, apretándose más contra su madre.

Dios ordenó: «Alto, loco, no dejes tu casa». Pero él siguió sin oír.

Dios suspiró y se lamentó: «¿Por qué mi servidor cree buscarme cuando se aleja de mí?».

LXXVI

La feria estaba ante el templo. Desde el alba llovía y el día tocaba a su fin.

Más brillante que todas las alegrías de la multitud era la brillante sonrisa de una muchacha que compró por unas monedas un silbato de hoja de palmera.

La penetrante alegría de aquel silbido flotó sobre todas las risas y los ruidos.

La muchedumbre infinita llegó, y todos empujaban. El camino estaba lleno de barro, crecido el río, el campo bajo agua por la lluvia incesante.

Mayor que toda la desolación de la multitud era la congoja de un niño: no tenía monedas para comprar un palo pintado.

Sus ansiosos ojos mirando fijamente a la tienda hacían aquella reunión toda de hombres tan lamentable...

El obrero y su mujer venidos del oeste se afanan cavando la tierra para hacer ladrillos para el horno.

Su hija pequeña va a la orilla del río; allí nunca termina de fregar y limpiar cazuelas y pucheros.

Su hermano pequeño, con la cabeza pelada, y moreno, desnudo, con las piernas llenas de barro, la sigue y espera pacientemente en lo alto del ribazo su llamada.

La niña vuelve a su casa con el cántaro lleno a la cabeza, el caldero de latón reluciente en la mano derecha, y llevando al niño de la otra: es la criada pequeñita de su madre, seria bajo el peso de las tareas domésticas.

Un día yo vi a ese muchacho desnudo sentado con las piernas extendidas.

En el agua estaba sentada su hermana frotando una jarra con un puñado de tierra, dándole vueltas y más vueltas.

Cerca de allí un cordero de suave lana pastaba a lo largo de la orilla.

Se acercó adonde el niño y baló de pronto con fuerza, y el niño se levantó enseguida y chilló.

Su hermana dejó el perol que limpiaba y se acercó corriendo.

Agarró a su hermano en un brazo y al cordero en el otro, y repartiendo entre ellos sus caricias, envolvía en un lazo de ternura el fruto del animal y del hombre.

LXXVIII

Era en mayo. El sofocante mediodía parecía interminable. La tierra seca abría la boca de sed en medio del calor.

Cuando desde la otra orilla oí una voz llamando: «Ven, amada mía».

Cerré mi libro y abrí la ventana para mirar. Vi un gran búfalo con la piel manchada de barro de pie junto al río, con unos ojos plácidos, pacientes; y un muchacho, metido en el agua hasta la rodilla, llamándolo para que se bañase.

Sonreí divertido y sentí una ráfaga de dulzura en mi corazón.

LXXIX

A menudo me pregunto dónde yacen ocultos los límites de reconoci-miento entre el hombre y el animal cuyo corazón no entiende ningún len-guaje hablado.

A través de qué primer paraíso en una remota mañana de la creación corrió el sencillo camino por el que sus corazones se visitaron uno a otro.

Qué huellas de su constante paso no han sido borradas aunque su pa-rentesco se olvidara hace mucho.

Y, de pronto, en una armonía sin palabras, el confuso recuerdo despierta y el animal mira a la cara del hombre con tierna confianza, y el hombre baja la vista hacia sus ojos con afecto divertido.

Parece que los dos amigos se encuentran enmascarados, y vagamente se reconocen uno a otro a través del disfraz.

LXXX

Con una mirada de tus ojos podrías saquear toda la riqueza de los cantos salidos de las arpas de los poetas, bella mujer.

Pero no oyes siquiera sus alabanzas, por eso vengo para alabarte.

Podrías humillar a tus pies las cabezas más altivas del mundo.

Pero de tus amadores, eliges los desconocidos de la fama para la adoración; por eso te adoro.

La perfección de tus brazos podría añadir gloria al esplendor de los reyes con su contacto.

Pero tú lo usas para barrer el polvo y limpiar tu hogar humilde, por eso siento respeto por ti.

LXXXI

¿Por qué, Muerte, Muerte mía, susurras tan bajo en mis oídos?

Cuando las flores declinan al anochecer y el rebaño regresa a sus establos, vienes furtivamente a mi lado y me dices palabras que no entiendo.

Así esperas cortejarme y vencerme, con el opio de tu murmullo soñoliento y tus fríos besos, oh Muerte, Muerte mía.

¿No habrá para nuestra boda una ceremonia suntuosa?

¿No atarás con una guirnalda tus rizados cabellos leonados?

¿No habrá nadie que lleve delante de ti tu bandera, y no se encenderá la noche con tus antorchas rojas, oh, Muerte, Muerte mía?

Ven con el sonido de tus conchas de caracolas, ven en la noche insomne.

Vísteme con un manto escarlata, aprieta mi mano y cógeme.

Que tu carro esté preparado a mi puerta con sus caballos relinchando impacientes.

Alza mi velo y mira orgullosa mi cara, ¡oh, Muerte, Muerte mía!

Esta noche mi esposa y yo jugaremos al juego de la muerte.

La noche es negra, las nubes en el cielo son caprichosas, y las olas están enfurecidas en el mar. Hemos dejado nuestro lecho de sueños, de golpe hemos abierto la puerta y salido, mi esposa y yo.

Nos hemos sentado en un columpio, y el viento de tormenta nos ha empujado con fuerza por detrás.

Mi esposa se ha sobresaltado asustada y encantada a la vez, tiembla y se abraza a mi pecho.

Durante mucho tiempo la he servido con ternura.

He hecho para ella un lecho de flores y cerrado las puertas para alejar la luz fuerte de sus ojos. La he besado dulcemente en los labios y he susurrado despacio en sus oídos hasta que casi se desvanecía de languidez.

Ella se perdió en la niebla sin fin de una vaga dulzura.

No respondía a la presión de mi mano, mis canciones no la despertaban.

Esta noche hasta nosotros ha llegado la llamada de la tormenta desde el yermo.

Mi esposa se ha estremecido y levantado, ha tomado mi mano y hemos salido.

Su cabellera flota al viento, su velo palpita, su guirnalda tiembla sobre su pecho.

El impulso de la muerte la ha lanzado a la vida.

Estamos frente a frente, corazón con corazón, mi esposa y yo.

LXXXIII

Ella vivía en la ladera de la colina, a orillas de un maizal, cerca de la fuente que mana corrientes arroyuelos a través de las sombras solemnes de los antiguos árboles. Las mujeres iban allí a llenar sus cántaros, y a los viajeros les gustaba sentarse allí a descansar y hablar. Ella trabajaba y soñaba cada día con el rumor de la corriente burbujeante.

Una noche el extranjero bajó del picacho escondido en las nubes; sus rizos estaban enmarañados como serpientes dormidas. Maravillados preguntamos: «¿Quién eres?». Él no contestó, se sentó junto a la gárrula corriente y en silencio miró la cabaña donde ella vivía. Nuestros corazones se estremecieron de miedo y regresamos cuando era de noche.

A la mañana siguiente, cuando las mujeres fueron a buscar agua a la fuente junto a los cedros deodaras, encontraron abiertas las puertas de su choza, pero su voz faltaba, y ¿dónde estaba su cara sonriente? Su cántaro vacío yacía en el suelo y su lámpara estaba consumida en el rincón. Nadie supo a dónde había huido antes del alba, y el extranjero tampoco estaba.

En el mes de mayo el sol se volvió ardiente y se fundió la nieve, y nosotros estábamos sentados junto a la fuente y llorábamos. Nos preguntábamos: «¿Hay una fuente en el país al que ha ido y donde pueda llenar su vasija en estos calurosos días de sed?». Y nos preguntábamos uno a otro con espanto: «¿Hay tras estas colinas en que vivimos un país?».

Era una noche de verano; la brisa soplaba del sur; y yo estaba sentado en su cuarto vacío, donde la lámpara seguía sin ser encendida. De pronto, ante mis ojos las colinas se desvanecieron como cortinas descorridas: «Ay, es ella que vuelve. ¿Cómo estás, hija mía? ¿Eres feliz? Pero ¿dónde puedes guarecerte bajo ese cielo abierto? Ay, no está allí nuestra fuente para aplacar tu sed».

«Aquí hay el mismo cielo, dijo ella, pero libre del cerco de colinas, y ésta es la misma corriente crecida en río, la misma tierra, ensanchada en llanura.» «Todo está ahí, suspiré yo, pero no nosotros.» Ella sonrió tristemente y dijo: «Estáis en mi corazón». Me desperté y oí el parloteo de la corriente y el susurro de los deodoras en la noche.

LXXXIV

Sobre los campos de arroz amarillos y verdes pasan las sombras de las nubes del otoño que pronto expulsa el rápido sol perseguidor.

Las abejas se olvidan de libar su miel; ebrias de luz baten las alas y zumban locamente.

Los patos clamorean en las islas del río, contentos sin saber por qué.

Que nadie vuelva a casa esta mañana, hermanos, que nadie vaya al trabajo.

Asaltemos con frenesí el cielo azul y robemos el espacio a medida que corremos.

La risa flota en el aire como la espuma en la riada.

Hermanos, derrochemos nuestra mañana en vanas canciones.

LXXXV

¿Quién eres tú, lector que has de leer mis poemas dentro de cien años?

No puedo enviarte una sola flor de este tesoro de la primavera, ni un solo rayo de oro de esas nubes.

Abre tus puertas y mira fuera.

De tu jardín en flor toma los fragantes recuerdos de las flores marchitas hace cien años.

Ojalá puedas sentir en la alegría de tu corazón la vívida alegría que cantó una mañana de primavera lanzando su voz satisfecha a través de cien años.